je suis méchant

à mon père.

collection dirigée
par Jean-Claude Baudroux et Pascal Laurent

Loi n°49-956 du 16-07-1949 sur les publications destinées à la jeunesse.

Collection Indigo

Je suis méchant

Jean-Claude Baudroux

illustrations de Péhel

ÉDITIONS DU BASTBERG

1

Je me disais souvent : « Que la vie est amère, quand on la prend sans sucre ! »

Mais je ne me plaignais jamais, ce n'était pas mon genre. Motus et bouche cousue, le silence des vrais hommes forts, ceux qui ne parlent jamais, même sous la torture ! D'ailleurs, je n'étais pas sur la terre pour me plaindre. Pourtant, c'était vraiment dur, ma vie, et tout le reste. Et le reste, je ne l'aurais jamais raconté à personne. À aucun prix. J'avais mes fiertés.

L'école, ce n'était pas le pire, mais c'était quand même très pénible. Et c'était long comme un jour sans pain. Rester assis dans une classe, pendant six heures. Pas le droit de se lever pour se dégourdir les jambes. Pas le droit de se promener quand on le voulait. J'étais certain qu'aucun adulte n'aurait accepté ça ! Mais ça ne les gênait pas de l'imposer à des gosses qui étaient trop petits pour se défendre.

En plus, ils voulaient que j'apprenne des choses. C'était de l'acharnement. Ils étaient toujours sur mon dos. Si je les avais écoutés, il aurait fallu que je sache lire et compter. Avec l'Histoire et la Géo en prime !... Mais je ne les écoutais pas. J'avais décidé que je ne pouvais pas et que je ne pourrais jamais.

Alors, à l'école, je ne savais pas lire. Officiel !

Ailleurs, je savais un peu. Dans le journal, par exemple, ou sur les catalogues. Mais ma maîtresse était persuadée que je n'en étais pas capable. Ça m'arrangeait bien. Comme ça, je pouvais me la couler douce.

En fait, j'étais un âne parfait. J'ignorais tout et son contraire. Et c'était tant mieux. D'ailleurs, je ne savais même pas qui était mon père. Mais ça, c'était tant pis pour ma pomme.

Un beau jour, un bonhomme qui s'occupe des enfants débiles dans les écoles est venu me voir, parce que ma maîtresse m'avait signalé comme attardé. Comme attardé et comme bagarreur... Je faisais ce que je pouvais.

Ce gars avait l'air tout à fait normal. Pourtant, c'était un homme dangereux. C'était un psychologue.

Il faudrait toujours se méfier des psychologues, parce que leurs yeux passent à travers les gens pour voir les choses invisibles et secrètes. Il m'a regardé par-dessus ses lunettes avec des yeux innocents pour que j'aie confiance en lui. Mais j'étais très inquiet. Il m'a emmené dans un bureau, tout seul. Il a fait tout un tas de salades. Il a parlé pendant des heures. En tout cas j'ai eu cette impression.

Il a essayé de m'expliquer que je n'étais pas un anormal ni un débile. Que c'était même le contraire, que j'avais une intelligence normale et que j'étais un garçon normal. À part quelques détails... Mais il n'a pas dit lesquels.

J'étais, à son avis, normal comme ce n'est pas per-

mis de l'être, normal, de la pointe normale de mes cheveux normaux, en passant par mon nombril, normal aussi, jusqu'à mes pieds, normaux comme les pieds les plus normaux. En somme, j'étais normal jusqu'à la nausée, normal jusqu'à l'écœurement.

Mais je n'ai pas voulu le croire. J'étais comme j'étais, un point c'est tout.

Il m'a posé plein de questions et j'ai répondu n'importe quoi, pour l'embêter. Que je ne faisais pas semblant, qu'il me prenait la tête avec toutes ses interrogations à la noix. Que si on lui demandait, il n'avait qu'à répondre qu'il ne savait pas. Et qu'il n'était pas de la police, et toc !

Mais, au fond, j'ai été drôlement déçu, parce que ça n'a pas eu l'air de l'ennuyer vraiment.

Pourtant, au dernier moment, il a failli me coincer.

J'étais bien soulagé que l'« entretien », comme il disait, soit fini. Il allait enfin me laisser tranquille, ça me ferait des vacances. Mais je n'étais pas au bout de mes peines…

Il allait partir. Il avait déjà enfilé la première manche de son manteau. Il s'est retourné vers moi et il m'a demandé, mine de rien, comme si un détail sans importance lui était revenu à l'esprit :

— Pourquoi fais-tu semblant de ne pas savoir lire ? C'est pour contrarier qui ? Ta maman, ta maîtresse ou quelqu'un d'autre ?

J'étais tout près de lui répondre la vérité, mais je me suis retenu au dernier moment. J'ai inventé n'importe quoi :

— Je ne fais pas semblant. Je ne sais vraiment pas lire, sans blague ! C'est à cause de la méthode que j'ai eue au Cours Préparatoire. C'était du global, moi, il me fallait du syllabique !

Mais j'avais quand même fait une belle gaffe.

Il ne m'a pas raté. C'est comme les boxeurs. Si on lève un peu sa garde, on prend un pain dans la tête sans l'avoir vu arriver. Il m'a répondu :

— Eh bien ! Mon garçon ! Pour quelqu'un qui ne sait pas lire, tu t'y connais drôlement dans les méthodes ! Tu sais faire la différence entre le global et le syllabique ?

Je l'ai encaissé, son pain, et sans broncher. Encaisser, je ne l'avais pas appris à l'école, mais je savais bien le faire. J'avais de l'entraînement. J'ai baissé la tête, pour qu'il ne voie pas mes yeux, et j'ai réfléchi. Il fallait que je trouve une réponse très débile, pour bien lui prouver que j'étais un attardé :

— Non, bien sûr ! Mais j'ai entendu des parents d'élèves qui disaient que le « gobal », c'était moins bien que le « sylvanique », rapport à l'orthographe...

— Comme c'est curieux ! Tout à l'heure, tu as bien dit « global » et « syllabique », sans déformer les mots.

Il a eu l'air de réfléchir, et il a ajouté, avec beaucoup de silences entre tous ses mots :

— En somme, tu te dissimules... Tu fais semblant d'être un ignorant... Mais pourquoi donc ?... Tu joues à cache-cache avec les adultes... Tu me poses un sacré problème...

Je ne répondais pas. De toute façon, c'était inutile : il se posait toutes ces questions à lui-même, pas à moi. Ça ne me concernait plus.

Il a enfilé sa deuxième manche, très lentement. Il me regardait derrière ses épaisses lunettes. Il ressemblait un peu à une grosse grenouille. Il n'en finissait pas de commencer à partir, sans se décider pour de bon.

J'ai quand même bien vu qu'il n'était pas si mauvais que ça, au fond, et que mon cas d'attardé le préoccupait vraiment.

Il a boutonné son manteau de travers. Je n'ai rien dit, pour ne plus me faire remarquer, et il est enfin parti, avec mon problème.

Ils me traquaient, ils me surveillaient, ils me guettaient du coin de l'œil. Ils faisaient tout pour me rendre pareil aux autres.

Mais moi je résistais. Ils ne m'auraient pas.

Je le voyais de temps en temps, le psychologue. Souvent, il me souriait. Mais moi, je regardais ailleurs, pour qu'il ne voie pas mes yeux.

2

Le dimanche, quand le camion d'outillage passait, moi, j'y allais. Mais je ne disais pas « le camion d'outillage », je disais juste : « le camion ». Ça faisait plus professionnel.

Il y avait souvent beaucoup de monde, avec file d'attente et compagnie. C'était difficile de ne pas se faire rouler par les adultes. À tous les coups, ils voulaient passer devant moi. Ils faisaient semblant de ne pas faire exprès, ils regardaient ailleurs, un petit peu au-dessus de ma tête. Comme ça, ils pouvaient toujours dire qu'ils ne m'avaient pas vu si je leur faisais remarquer que ce n'était pas leur tour.

Le monde des adultes, c'était la jungle, avec des pièges féroces et de terribles cruautés, alors que ça aurait dû être le contraire. Au lieu de protéger, ils menaçaient. Heureusement que moi, je n'avais pas besoin d'être couvé. Je n'étais pas un bibelot fragile.

Mais, à part ça, c'était rudement chouette, le camion.

Le catalogue était distribué au moins une semaine à l'avance. Comme ça, tous les soirs, je pouvais le regarder et admirer tous les outils. Je rêvais aux merveilles qu'on pouvait construire avec tout ce matériel. Et c'était moins cher qu'ailleurs ! Ce n'était peut-être pas la même qualité non plus, mais on travaillait déjà bien avec ce qu'ils vendaient. Un bon ouvrier n'a jamais de mauvais outils, c'est bien connu. Et, sans me vanter, je touchais pas mal en bricolage. Je me débrouillais assez bien en menuiserie et en mécanique.

Quand j'avais assez de sous, je pouvais préparer ma commande. J'inscrivais soigneusement le nom et la référence des outils que j'allais acheter. C'était une joie tellement forte que j'avais l'impression de les avoir déjà dans la main, ces sacrés outils. Ça faisait sept jours entiers de plaisir. Ça comptait dans ma vie !

Bien sûr, je n'achetais pas à chaque fois. Ce n'était pas que je n'en avais pas envie, mais c'était la question « finances » qui me retenait. Il n'était pas très facile de récupérer quelques pièces. Et pour les billets, c'était la croix et la bannière, autant dire une croisade.

Pour avoir un peu d'argent, je lavais la voiture de Monsieur Leroy. Ou alors je bricolais chez Madame Poinsignon. Il y avait toujours quelque chose à faire chez elle, graisser les serrures, ou réparer le grillage du jardin. Je lui tondais son

gazon, aussi. Une femme seule, avec une si grande maison, on n'avait pas idée ! Mais je n'osais pas abuser parce que j'avais parfois l'impression que c'était elle qui voulait me rendre service. À cause de mes jeans troués ou de mes chaussures qui bâillaient, ou de mes pulls trop grands.

Ce dimanche-là, c'était vraiment la fête. Heureux comme un poisson dans l'eau ! J'allais enfin pouvoir m'offrir une nouvelle scie égoïne, longueur 500 mm, Réf. 1180, prix 50 F. La mienne avait tellement servi que les dents étaient tout arrondies et qu'elles coupaient comme mon genou. Pas moyen d'aller droit avec cet outil. Ça partait complètement de travers. Si quelqu'un avait vu mon ouvrage, il aurait pu penser que je ne savais pas scier droit, et ça m'aurait terriblement vexé.

Je me suis réveillé à six heures du matin, tellement j'étais excité. C'était bien trop tôt, parce que le camion n'arrivait qu'à neuf heures.

Maman n'était pas là, alors j'ai préparé mon déjeuner en vitesse. J'ai mis la radio en marche pour me sentir moins seul. Quand même, ça m'aurait fait un fier plaisir de parler de ma scie à quelqu'un et de partager ce grand bonheur ! J'aurais expliqué que c'était pour faire une cage au lapin.

Au lapin que j'aurais bientôt, en échange de douze lavages de voiture. Monsieur Leroy me l'avait promis-juré, croix de bois, croix de fer... C'était fantastique de penser que j'allais pouvoir tenir dans mes mains une petite bête très douce, que je caresserais et que je protégerais. Et ce lapin, je l'aurais incessamment sous peu... J'étais déjà au onzième lavage : je note dans un carnet.

Si ma maîtresse avait vu comme il était bien tenu, mon carnet, elle serait tombée. Elle qui s'imaginait que je savais à peine écrire. Elle disait que c'était pire que du manque de soin, que c'était du sabotage. Elle avait tout essayé : la douceur, les punitions... Heureusement, elle avait fini par baisser les bras et elle me laissait à peu près tranquille, dans mon coin.

Je n'avais pas d'ami, à l'époque. Je détestais mes camarades de classe. Toujours à parler de leur père. C'étaient les plus beaux, les plus grands, les plus forts, les plus gentils des papas. Est-ce que je leur demandais de me parler de leur père moi, d'abord ? Alors je donnais des coups de pied ou je faisais des crocs-en-jambe. À la récré, c'était toujours des bagarres, parce qu'on m'envoyait des mots qui tuent. Et, moi, je répondais avec mes poings et avec mes chaussures de tueur. Forcément, j'étais toujours puni. Leur dernière invention, c'étaient les tours de cour. Au lieu de m'amuser comme les autres, j'étais obligé de marcher en tournant pendant toute la récré.

Quelquefois avec les mains sur la tête. Ils disaient que ça me servirait de leçon et que ça m'apprendrait à ne plus frapper mes petits camarades. Mais ils n'étaient pas si petits que ça, mes camarades, ils pouvaient bien supporter un ramponneau ou un marron de temps en temps...

Fallait pas me chercher. J'étais méchant. J'étais un violent.

Et cette idiote de Marlène, avec sa maman par-ci, sa maman par-là, qui lui faisait des gâteaux et qui lui offrait des poupées ! Qui l'attendait le soir à la maison ! Qui venait même la chercher en voiture à l'école.

Alors je la pinçais ou je lançais des mottes de terre sur ses robes neuves pour bien les salir. Et je me mettais aussitôt à tourner dans la cour, avant même qu'on me le dise. Je me punissais tout seul, c'était moins humiliant. Et ça me faisait les pieds.

L'école, c'était terriblement difficile. Personne ne voulait de moi. Ils disaient que j'étais caractériel ou débile. Mais moi j'avais de la haine dans mon cœur. J'aurais voulu me venger de la terre entière et mettre le feu partout, comme Rambo.

Je savais que ce n'était pas bien, mais c'était comme ça.

3

Quand je suis arrivé au camion, il y avait déjà beaucoup de monde. Dans ces cas-là, j'étais souvent un peu angoissé. J'avais peur qu'on me prenne ma place ou que l'article que je voulais acheter soit épuisé quand mon tour arriverait. En plus, j'avais l'impression d'étouffer quand j'étais serré entre tous ces gens pressés qui ne sentaient pas toujours très bon. En tout cas, ce jour-là, j'ai eu un mauvais pressentiment...

Je sentais mes cinq pièces de dix francs au fond de ma poche. J'en avais la main qui transpirait à force de les compter et de les recompter en aveugle. Dans l'autre main, j'avais mon bon de commande bien rempli. Je l'avais lu et relu au moins cinquante fois.

J'ai pris mon tour dans la file d'attente derrière un vieux monsieur en bleus de travail. Je ne savais pas encore que c'était Salvatore et il ne savait pas non plus que j'étais moi.

Le vieux bonhomme, qui était donc Salvatore, s'est retourné quand je suis arrivé, et il m'a souri. Ça ressemblait un peu à une grimace qui mettait sa moustache de travers. Il n'avait pas l'air trop

méchant. Mais je n'aimais pas qu'on me sourie quand je n'avais rien demandé. Alors j'ai fait comme si je n'avais pas remarqué. J'ai baissé la tête pour qu'il ne voie pas mes yeux et j'ai fait semblant de lire les conditions de garantie inscrites sur une affiche.

Quand le tour du vieux monsieur est arrivé, j'ai été drôlement surpris, parce qu'il n'avait pas préparé son bon de commande. Il a montré une page du catalogue, en posant son gros doigt sur une photo. J'ai pensé qu'il n'avait pas eu le temps de remplir le papier ou qu'il ne savait peut-être pas écrire.

Mais là où j'ai été soufflé, c'est quand j'ai découvert qu'il avait acheté la même scie que la mienne. Pendant qu'il l'emballait, je l'ai bien regardée. C'était une égoïne magnifique, avec des dents assez fines pour faire un travail précis. La poignée était rouge et noire, elle devait bien tenir dans la main.

J'ai tendu mon coupon au vendeur.

Et c'est là que la catastrophe est arrivée. Mon pressentiment était juste, quelque chose de mauvais devait me tomber sur la tête. Le vendeur m'a répondu, comme si ça n'avait pas d'importance, comme si c'était normal :

— Tu n'as pas de chance, mon p'tit gars, je viens de vendre la dernière au Monsieur ! Y'en a plus, c'est fini, n-i, n-i.

J'en suis resté ahuri. Il ne pouvait pas me faire ça ! C'était impossible ! Et pourquoi il se payait ma fiole, en plus, avec ses « henni henni » qui ne voulaient rien dire ? Et mon lapin, je le mettrais où, moi, mon lapin ? Maman ne voudrait jamais que je le mette dans le placard de la cuisine !

— Eh ! Mon p'tit gars, pousse-toi, tu vois bien qu'il y a des gens qui attendent !

J'étais pas son « p'tit gars » à celui-là. Et je lui ai dit.

Il n'y a même pas fait attention. Ni les autres clients d'ailleurs. Tout le monde avait l'air de se moquer complètement de ce qui m'arrivait.

Tout le monde, sauf Salvatore. Mais, comme je l'ai déjà dit, je ne savais pas encore son nom, à ce moment-là. Il me regardait en coin, il avait l'air d'être embêté pour moi.

J'avais rudement mal à la gorge, à force de me retenir d'avoir du chagrin. Quelqu'un m'a poussé et je me suis retrouvé en dehors de la file d'attente, tout bête. J'ai eu envie de donner un coup de pied pour me venger, mais j'avais trop de peine pour pouvoir être vraiment méchant.

J'allais me sauver en courant, avec mes larmes à l'intérieur, quand une main m'a attrapé par la manche. Au bout de la main, il y avait le vieux bonhomme en bleus de travail. Il m'a dit avec un drôle d'accent :

— Ça me fracasse ce qui t'arrive !

Il voulait dire : « ça me tracasse », mais il mélange souvent les mots. Il a ajouté :

— Si tu veux, je te revends la mienne. Moi, ce n'est pas urgent, je peux attendre le prochain camion !

J'ai dit, en baissant la tête pour qu'il ne voie pas mes yeux :

— D'ac !

Il n'a pas compris. Alors, j'ai dit :

— D'accord !

Et il a compris.

Je l'ai un peu regardé en face, pas longtemps, et je lui ai donné mes cinq pièces, toutes moites et toutes chaudes. J'aurais bien voulu qu'il les recompte pour vérifier, pour qu'il sache que, question argent, j'étais un type réglo. Mais il les a mises dans sa poche sans contrôler. Il m'a fait un sourire timide, comme pour s'excuser de me prendre mon argent et il m'a tendu la scie.

Et puis il a parlé. Ça n'était pas nécessaire, mais les adultes qui vous tirent une épine du pied vous le font presque toujours sentir avec leurs mots à rallonge. C'est leur manière de vous faire payer.

Au début j'ai écouté par politesse, parce qu'il nous avait rendu un très beau service, à moi et à mon futur lapin. Je ne comprenais pas tous les mots, à cause de son accent bizarre, mais ça n'avait pas d'importance parce que ça ne m'intéressait pas vraiment.

J'avais envie de rentrer à la maison. J'étais impatient de commencer la cage. Et puis, aussi, j'avais peur qu'il attende que je lui dise merci. À l'époque, je ne disais jamais merci à personne. Je savais que ce n'était pas bien, mais c'était comme ça.

Il racontait qu'il était un ancien ouvrier des Aciéries de Pompey, qu'il avait bien travaillé toute sa vie et que ça avait été très difficile d'être mis à la retraite avant l'âge parce que l'entreprise fermait. Qu'il regrettait le temps du travail, ses amis, ses copains de l'atelier. Qu'il avait été tellement fier de son usine. Que ça lui manquait. Qu'il se sentait inutile.

Je ne comprenais pas bien qu'il soit triste d'être inutile. Pour une drôle d'idée, c'était une drôle d'idée ! Je croyais, à l'époque, que tout le monde était inutile. La preuve : je ne servais à personne. C'était comme ça.

4

Je me suis mis à l'écouter, tout doucement, sans faire exprès. Je m'habituais à son accent, et je commençais à mieux comprendre. Mais j'ai vraiment tendu l'oreille quand il a parlé des outils qu'il avait chez lui. Il causait de bricolage comme un « pro ». Il savait tout faire, ce vieux bonhomme. Il était presque intéressant, malgré son âge. Il m'a appris quelques trucs :

— Tu vois, si tu as une vieille égoïne qui ne coupe plus droit, moi, je peux te l'affûter. Avec une lime spéciale. Ça s'appelle un tiers-point. Tu la mets dans l'étau, la scie, pas la lime, et...

Ça a été plus fort que moi, j'ai commencé à parler un peu aussi :

— Moi, j'ai pas d'étau !

C'est fou, le nombre de choses que je n'avais pas...

Il m'a répondu :

— Ça ne fait rien. Si tu veux, tu pourras venir chez moi, on fera ça ensemble, dans mon atelier.

Alors, je me suis mis à parler un petit peu. Et puis,

je ne sais pas pourquoi, des tas de mots prisonniers sont sortis de moi. Je lui ai tout dit au sujet de mes travaux : la cage, le lapin, les voitures à laver pour acheter des outils... C'était un peu comme quand je débouchais l'évier de Madame Poinsignon et que toute l'eau partait d'un coup.

Je lui ai raconté comment j'avais fait une grue avec une manivelle, mais qu'il me manquait un beau crochet doré à mettre au bout de la ficelle. Que celui que j'avais fait en tordant un morceau de fil de fer n'était pas beau. Pour le lapin, je lui ai dit que j'avais le bois pour la cage, le grillage aussi et que je n'avais pas encore les charnières de la porte. Mais que j'allais trouver une autre solution.

Enfin, on a bien discuté. Ce n'était pas si mal. Pour un adulte, il n'était pas trop embêtant. Il avait l'air de me trouver normal... Et même, j'avais l'impression qu'il s'intéressait vraiment à la cage de Pinpin.

Pinpin, c'était le nom de mon futur lapin.

Je me suis demandé aussi s'il n'était pas plus seul que moi.

Au bout de quelques minutes, j'avais l'impression que je le connaissais depuis longtemps. Ça ne m'avait jamais fait ça avec personne. Mais je restais terriblement méfiant. On ne sait jamais ce qui peut vous arriver quand vous faites trop vite confiance à un adulte.

Je lui ai dit que je passerais lui dire bonjour de

CIRQUE

temps en temps. Et je savais que c'était vrai. Je n'avais pas envie de lui mentir, à lui. Il m'a expliqué où il habitait et je suis vite parti, pour commencer la cage de Pinpin.

Quand je me suis retourné, au coin de la rue, j'ai vu qu'il était resté à la même place, sur le trottoir pour me regarder partir. Il m'a fait un grand signe de la main. Je voyais bien qu'il souriait, avec sa moustache de travers.

Ce dimanche-là, j'ai rudement bien travaillé. La scie de Salvatore coupait à la perfection. Tout a marché comme sur des roulettes. Même quand je me suis rendu compte que je n'avais pas de pinces pour couper le grillage, ça ne m'a pas vraiment retardé. Je me suis débrouillé avec ma vieille paire de ciseaux.

J'ai construit le bâti de la cage en clouant les lattes avec des pointes. Puis j'ai récupéré des planches de cageots avec lesquelles j'ai fait le fond. Là, je mettrais de la paille et du foin. Ce serait bien confortable et bien douillet pour Pinpin. Et j'ai même eu le temps de fabriquer la porte grillagée. J'ai bien pris mes mesures : il devait y avoir suffisamment de jeu pour qu'elle ne frotte pas contre le bâti. Mais il me manquait les charnières. J'aurais pu les remplacer par des morceaux de cuir, mais je me suis dit que je demanderais conseil à Salvatore, le lendemain.

Comme maman n'était pas encore rentrée, j'ai préparé le repas du soir pour nous deux.

Mais j'ai mangé tout seul.

C'est elle qui a dû me coucher, parce que je me suis réveillé dans mon lit alors que je m'étais endormi sur la banquette. Je n'avais pas réussi à me retenir. Peut-être qu'elle avait eu le temps de m'embrasser.

Le lundi, à la sortie de l'école, je suis allé chez Salvatore. Mon histoire de charnières m'occupait l'esprit et j'espérais qu'il trouverait une bonne solution.

Quand je suis arrivé, j'ai eu l'impression qu'il m'attendait de tout son cœur.

Il m'a souri sans rien dire et il a sorti deux objets de sa poche. Il me les a mis dans la main. C'était tiède et moite comme mes pièces de dix francs de la veille. Il avait dû les serrer bien longtemps, lui aussi.

C'étaient deux charnières pour la porte de Pinpin.

Je ne lui ai pas dit merci.

Mais j'étais rudement content qu'il ait pensé à ça. Qu'il ait pensé à moi. Qu'il m'ait délivré de mon souci. Il s'était rappelé ce que je lui avais dit la veille pour la cage de Pinpin.

Je n'avais pas d'importance, et quand on parlait de moi, c'était toujours mal. Alors, il m'étonnait,

Salvatore. Et puis, il me regardait gentiment, avec des rides dans le coin des yeux. Et moi, je m'habituais à jeter un œil sur son visage de temps en temps, au lieu de toujours baisser la tête.

On a parlé de choses et d'autres. Il m'a expliqué comment on faisait les avant-trous pour poser les vis. Je le savais déjà, mais je n'ai rien dit, histoire de lui montrer qu'il n'était pas si inutile qu'il le croyait.

Avec tout ça, je me suis mis presque en retard. J'avais du boulot à la maison, sur la cage de Pinpin. Je suis vite rentré chez moi et j'ai vissé les deux charnières.

L'année de mes dix ans, je m'étais offert un tournevis à cliquet, au camion. C'était vraiment le super luxe cet outil-là ! Je n'ai jamais regretté mes 49F ! Avec ça, on ne se faisait pas d'ampoules aux mains.

J'étais très content du résultat. Avec de vraies charnières, c'était autrement mieux qu'avec du cuir. La porte s'ouvrait sans aucun frottement. Je n'avais pas de verrou pour la fermer, mais on ne peut pas tout avoir. Alors j'ai fabriqué un loquet avec un morceau de bois qui pivotait sur un clou. Pinpin aurait un vrai palais. J'ai admiré mon œuvre. J'étais rudement content. Et j'ai décidé de me reposer, parce qu'à chaque jour suffit sa peine.

Quand Maman est rentrée, je ne dormais pas. Alors, on a pu manger ensemble. Des spaghettis à la sauce tomate, avec du gruyère.

C'était bien. Une bonne journée. Je n'avais jamais été aussi heureux de toute ma vie.

5

À l'école, le jour suivant, je n'ai pas eu vraiment envie de me bagarrer. Pour une fois, je n'ai pas fait de tours de cour. Je suis resté tranquille, dans mon coin. Je pensais à mon futur lapin, à mon repas de la veille, avec maman. C'était bien chaud dans mon cœur. J'ai juste donné une petite paire de baffes à Sébastien quand il m'a marché sur les pieds sans faire exprès. C'était vraiment pour le principe, je n'étais même pas en colère. Mais je ne suis pas là pour faire plaisir. À personne.

La journée s'est passée tranquillement, sans incident notoire, comme on dit. Marlène avec ses minauderies, n'a pas réussi à m'énerver, même quand elle a montré sa nouvelle robe pleine de dentelles à toutes ses copines, réunies en cercle autour d'elle.

Jamais elle ne me regardait, Marlène. Elle était trop riche et trop gâtée pour pouvoir faire attention à moi. C'est pour cette raison que j'avais toujours envie de lui faire du mal. Pour la punir d'être si belle et d'avoir tant de chance ! Il faudrait qu'il y ait une justice, un jour...

Je suis retourné voir Salvatore le soir. Il habitait

une toute petite bicoque, coincée dans une bande de maisons toutes pareilles. J'avais toujours peur de me tromper de porte et d'entrer chez quelqu'un d'autre, tellement elles se ressemblaient toutes. C'était une habitation miniature qui ressemblait terriblement à une maquette. Elle était à peine plus grande que la maison du garde-barrière d'un train électrique. Il n'y avait pas de jardin, pas de garage non plus. D'ailleurs, Salvatore n'avait pas de voiture. Et il n'en avait pas besoin, parce qu'il existait des autobus. Officiel !

On a bien discuté.

Surtout lui !

C'était un sacré bavard ! Mais il m'écoutait quand même.

Il a pris le temps de me faire visiter son atelier. Comme sa maison était très étroite, il l'avait installé dans la salle à manger. Je lui ai dit :

— C'est drôle, un atelier dans une salle à manger ! C'est pas ordinaire.

— Je vis tout seul. Personne ne vient jamais chez moi, alors j'ai mis mes outils dans la plus grande « caméra ». De toute façon, je mange à la cuisine.

J'ai vu effectivement qu'il y avait beaucoup de cageots de tomates de ce côté-là. C'était bien connu, les Italiens se nourrissaient exclusivement de pâtes et de tomates...

Tout était très propre, pour un atelier. Il n'y avait

pas de sciure sur le parquet, ni de taches de graisse sur les tapisseries. On voyait bien que Salvatore était très soigneux.

— Dès que j'ai fini mon ouvrage, je balaye. C'est une bonne habitude. À l'usine, je faisais pareil. Là où je travaillais, on aurait pu manger par terre.

J'ai bien regardé tous ses outils. Je n'en revenais pas ! C'était sûr que lui, il pouvait attendre le prochain camion pour s'acheter une égoïne neuve. Jamais je n'aurais pu imaginer qu'on puisse posséder tant de matériel ! C'est bien simple, il avait même une scie circulaire électrique si puissante, qu'elle pouvait couper jusqu'à huit centimètres d'épaisseur. J'étais sûr que les pères de mes camarades de classe qui étaient si malins, ils n'en avaient pas une si belle. Ni une perceuse comme la sienne ! Et ses rabots ! Il fallait voir ses rabots ! Et ils portaient des noms impossibles ! Il y avait des bouvets, des guillaumes, des riflards ! C'était dingue !

J'ai expliqué à Salvatore comment j'avais fabriqué un loquet en bois pour la porte de Pinpin. Il a trouvé que c'était bien et ça m'a fait plaisir. Il m'a raconté comment on faisait les cages à lapins en Italie.

J'ai écouté très longtemps et j'ai fini par dire :

— C'est comme en France, finalement !

J'ai pensé que ce n'était pas vraiment la peine de parler autant pour en arriver là. Mais il aimait bien s'exprimer. Moi, à l'époque, je ne causais pas beaucoup. Alors ça m'étonnait qu'on puisse raconter tant de choses pour presque rien. Mais Salvatore avait envie de discuter un peu de son pays et de sa vie.

Il était parti d'Italie à dix-sept ans pour trouver du travail. Il avait commencé comme bûcheron dans la Marne.

— C'était dur, surtout l'hiver. On dormait dans des cabanes en planches. Il faisait froid. Il y avait un tout petit fourneau qui s'éteignait pendant la nuit.

— Vous ne pouviez pas en acheter un plus gros ?

— Comment on aurait pu l'emmener ? Notre cabane était en plein milieu de la forêt. Depuis la ville, il fallait marcher pendant une heure. Tu me vois porter un fourneau sur mon dos pendant des kilomètres ?

Je n'ai pas répondu, mais je me suis dit que Salvatore ne devait pas être trop dégourdi à l'époque. Ou alors, il était trop timide pour oser demander à un forestier de lui emmener son sacré fourneau sur un tracteur. Surtout qu'il ne parlait pas bien le français, ça devait lui donner des complexes.

Et puis il avait quitté sa forêt parce qu'il avait entendu dire qu'on cherchait de la main d'œuvre en Lorraine, pour les Aciéries. C'est comme ça qu'il était arrivé à Pompey. Il avait vingt-trois ans.

— J'étais jeune et bien ignorant, mais j'avais du

courage et du travail à donner à ton pays. Et puis, il n'y avait pas trop de gens qui me traitaient de sale Rital.

Il regardait ses grosses mains, larges comme les ardoises de l'école :

— Ça, c'était du beau travail ! Si tu avais vu un haut fourneau qui crachait le feu ! C'était le bon temps !

Il m'a expliqué aussi que les Italiens aimaient bien les pâtes à la sauce tomate, mais qu'ils ne mangeaient pas que ça. Ils consommaient des tas d'autres choses aussi, comme de la viande ou du fromage. C'était très surprenant.

Tout en l'écoutant parler, je me demandais si j'au-

rais le courage de lui poser ma question. Je ne voulais pas le vexer et puis j'avais le sentiment qu'un débile de l'école n'était pas autorisé à interroger sur des sujets qui concernent l'instruction. Finalement, je me suis jeté à l'eau :

— Pourquoi vous n'aviez pas rempli votre bon de commande, au camion ?

— Tu es bien « curieuse » ! Est-ce que je te demande, moi, si ta grand-mère elle faisait du vélo ?

Je n'ai pas répondu. Et j'ai baissé la tête.

J'ai regardé encore un peu ses outils et je suis rentré à la maison.

Quand je suis parti, il m'a mis quelque chose dans la main. Je n'ai regardé que quand j'ai été dans la rue, pour ne pas dire merci. C'était un crochet en laiton pour ma grue. Vraiment beau ! Avec une sphère brillante pour faire le poids et bien tendre la ficelle. Je me suis demandé comment il avait pu faire un si bel objet. Il fallait certainement des outils particuliers. Je me suis promis de l'interroger à ce sujet. Il accepterait probablement de me montrer.

Mais je ne comprenais pas qu'il s'intéresse à moi.

Peut-être que je n'en valais pas la peine.

6

Certainement que Salvatore ne savait pas lire. Ni écrire. Ça ne devait pas être facile pour lui de se débrouiller tous les jours, avec toutes ses ignorances. Il avait dû inventer des tas d'astuces pour s'en sortir. Pour reconnaître le nom des rues, par exemple. Et quand je pensais au début, lorsqu'il était arrivé en France, je me demandais vraiment comment il avait pu vivre normalement.

D'abord, j'ai pensé que je ne pouvais rien y faire. C'était comme ça, c'était tout, point à la ligne. On ne pouvait pas s'occuper de tout le monde et de soi-même. C'était son affaire, pas la mienne. Moi, question problèmes, j'étais suffisamment gâté comme ça. Je n'avais pas le temps de penser aux autres. Comme disait une fable que je détestais, pour des tas de raisons, « On ne peut pas contenter tout le monde et son père ! »

J'étais méchant.

Et Salvatore était analphabète.

On faisait un drôle de duo : l'illettré et le débile. On pouvait bien se tenir la main. On dit toujours : « Qui se ressemble s'assemble ».

Moi, je ne savais pas grand chose non plus, mais ce n'était pas pareil. Moi, je ne voulais pas apprendre. Salvatore, lui, il ne faisait pas exprès, ce n'était pas vraiment volontaire de sa part. C'était un cas d'empêchement ou un truc de ce genre.

Pourtant je n'ai pas complètement suivi mon premier mouvement. J'ai réfléchi que je pourrais quand même faire quelque chose d'utile pour lui. Mais je ne savais pas trop quoi. Il n'y avait pas d'écoles pour les Salvatore, et c'était tant mieux. Parce que je me disais que Salvatore y serait aussi malheureux que moi.

J'ai pensé au psychologue que j'avais vu. Il n'était pas si méchant que ça. Il me donnerait peut-être des conseils. Mais c'était risqué. Je ne voulais pas qu'il me prenne par surprise, comme l'autre fois.

J'ai traîné un peu dans les couloirs de l'école, aux heures de sortie. Mais il a fallu attendre plusieurs jours avant que je le croise enfin. J'ai bien fait attention de ne pas lui montrer que j'avais envie de discuter avec lui. Il m'a souri, et je n'ai pas baissé la tête. Je l'ai même un peu regardé, presque en face, et j'ai attendu qu'il me parle. Ça n'a pas raté, et c'était normal, puisqu'il était payé pour causer avec les enfants, même quand ils n'en avaient pas envie :

— Comment vas-tu ? Veux-tu bavarder avec moi

un moment ?

Je n'ai pas répondu, mais je me suis arrangé pour qu'il voie que je ne disais pas non. Alors, il m'a fait un clin d'œil et il m'a interrogé :

— Tu veux me demander quelque chose ?

Ça m'arrangeait bien qu'il pose les questions à ma place. Alors, j'ai répondu :

— Oui.

Comme réponse, on ne pouvait pas faire plus court. J'étais assez content de moi.

— Eh bien, vas-y, je t'écoute !

— Monsieur le « pissecologue », je voulais vous demander un renseignement...

J'étais rudement heureux de ma trouvaille. « Pisse-cologue », ça devait être bien humiliant pour lui. Et ça lui prouvait deux choses. D'abord que je ne savais pas bien dire les mots parce que j'étais aussi ignorant qu'un âne. Ensuite que son métier n'était pas aussi important qu'il le croyait et que son travail était bien dégoûtant et bien sale, toujours à chercher les secrets des gens.

Il a fait semblant de rien, il n'a pas relevé le « pisse-cologue ». Et même, il a répondu gentiment, sans trop se forcer :

— Demande toujours, on verra bien.

— C'est pour Salvatore, il ne sait pas lire et je me demandais ce que je pouvais faire.

Il n'a pas tout compris, ce qui m'a prouvé que les

5

psychologues n'étaient pas aussi malins qu'on le disait. Il m'a demandé :

— De qui parles-tu ? Qui est Salvatore ?

— C'est un vieux monsieur qui possède beaucoup d'ignorances. Il ne sait pas lire, ni écrire, alors, il ne peut pas remplir ses bons de commande au camion.

— Décidément, je ne comprends pas grand-chose aujourd'hui... Quelle est cette histoire de camion ?

— Ben, le camion des outils, celui qui passe souvent les dimanches.

Il a enfin saisi. Il y a des gens, comme ça, qui comprennent vite, mais il faut leur expliquer longtemps.

— En somme, tu veux savoir comment on peut aider un homme qui ne sait ni lire ni écrire afin qu'il puisse remplir ses bons de commande... Mais c'est très gentil ça, mon petit !

Il m'énervait celui-là, avec ses « afin que », à faire son malin en parlant comme une duchesse. Et surtout, personne n'avait le droit de me dire que je faisais de bonnes actions. D'ailleurs, je ne faisais rien de bien, je n'étais pas « gentil », tout le monde aurait dû le savoir, à la fin. Alors, j'ai été sévère.

— Je vous demande pas si c'est bien ou si c'est mal. Je vous demande pas non plus si votre grand-mère faisait du vélo. Je vous demande juste comment on peut lui apprendre à remplir des bons de commande !

Ça m'a fait très plaisir de lui parler du vélo de sa grand-mère. Et toc, dans les gencives ! Comme Salvatore m'avait fait l'autre jour. Mais il m'a encore surpris, le psychologue :

— Si c'est comme ça, il ne faut rien me demander !

Il a tourné les talons et il est parti.

Je me suis retrouvé tout bête.

Il s'est quand même retourné et il m'a fait un drôle de sourire qui avait l'air de dire que j'avais exagéré et que si les choses avaient mal tourné, c'était de ma faute.

Et c'était vrai que c'était de ma faute ! Ce n'était pas toujours facile d'être méchant.

Ce qui m'a le plus surpris, c'était que je n'étais pas en colère contre lui. Je ne lui en voulais pas. Il n'avait pas agi par méchanceté. En refusant de me répondre, il avait certainement voulu me dire quelque chose. Mais quoi ? Tout était tellement compliqué…

Je me suis dit que je lui reparlerais de tout ça. On avait bien le temps.

Le même jour, à la sortie de l'école, je suis allé chez Salvatore. Il m'a montré comment il avait fait pour fabriquer le crochet de ma grue. Il fallait utiliser une machine qui s'appelle un « tour ». Il en

existait des grands, des moyens et des petits. Lui, il en avait un petit.

Ça fonctionnait avec un moteur qui faisait tourner un morceau de fer et un outil tranchant venait enlever des copeaux pour donner la forme qu'on voulait. C'était super. On a passé un très bon moment ensemble. Je n'ai pas osé lui poser des questions sur ses ignorances. Je me suis dit, encore une fois, qu'on avait bien le temps d'en discuter. Et je sentais aussi qu'il avait un peu honte et qu'il n'aimerait pas que j'en parle.

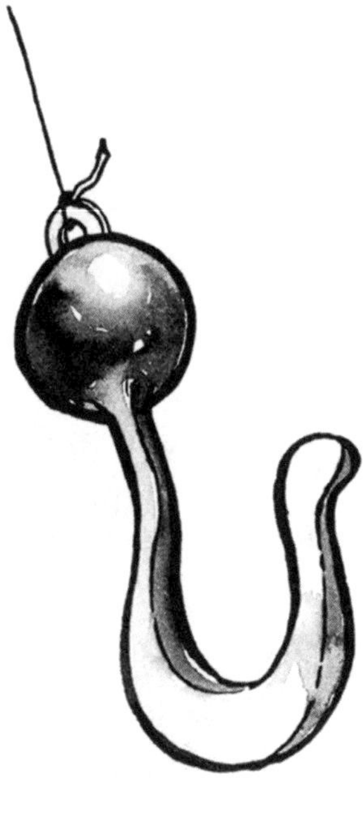

7

Quelques jours après, je suis retourné chez Salvatore, manière de prendre de ses nouvelles. Et pour le plaisir de discuter un peu avec lui. J'ai emmené le dernier catalogue du camion. Il venait juste d'être distribué dans les boîtes aux lettres du quartier.

Pendant le trajet, je réfléchissais. Je n'étais pas vraiment décidé à lui parler de son problème. Je verrais bien comment les choses se présenteraient. Mais j'avais un plan pour vérifier s'il savait lire ou pas, au cas où...

Salvatore, comme toujours, a été content de me voir arriver. Il a fait un grand sourire. J'aimais bien les sourires de Salvatore, ça soulevait sa moustache et ça faisait pétiller ses yeux. En plus, il y avait quelque chose de bien doux qui passait sur son visage, mais je n'aurais pas su expliquer quoi. Parce que je n'étais pas très habitué à ces choses-là qui étaient réservées aux autres enfants.

Je ne devais pas être là le jour de la distribution, ou alors j'avais un immense parapluie qui a empêché les gouttes de m'atteindre. J'ai pris ce qui restait, dans les flaques. Même s'il n'y en avait pas assez, c'était toujours ça...

Je lui ai montré le dernier catalogue, à Salvatore. Bien sûr, il l'avait déjà. Mais ce n'était pas bien grave, parce que c'était toujours la fête de découvrir les nouveaux outils. C'était un bon moment à passer ensemble. On s'est installés dans la salle à manger, au milieu de son atelier. Comme d'habitude, c'était bien rangé et on n'a pas eu à déplacer beaucoup d'outils sur l'établi pour avoir de la place. L'établi, il l'avait fait lui-même, avec des planches de hêtre, épaisses comme mes cuisses. Il était solide et pesant comme une montagne. C'était un ouvrage costaud qui existerait plus longtemps que les hommes. Je me disais que ça devrait être rudement chouette de pouvoir laisser derrière soi, après sa mort, un testament pareil, indestructible et utile. Comme quoi le mal qu'on se donne n'est jamais complètement perdu. Je m'étais juré d'en faire un, dès que j'aurais du beau bois, bien sec, pour me prolonger aussi...

C'était bien, j'étais à côté de Salvatore et ses cheveux gris me chatouillaient la joue. J'ai pensé que mes copains de l'école, ceux qui avaient des pères, devaient avoir des moments comme ça, où on partageait quelque chose, tête contre tête. J'avais l'impression d'exister vraiment, d'être quelqu'un qui a sa minuscule importance, quelqu'un qui compte un tout petit peu.

Salvatore, au bout d'un moment s'est redressé et il a dit :

— Ils n'ont pas beaucoup de « nouvelletés » cette fois-ci !

Il voulait dire « nouveautés », mais il ne connaissait pas bien tous les mots. Ce n'était pas vraiment de sa faute, il ne faisait pas exprès. Ce n'était pas comme moi.

J'ai reconnu qu'il n'y avait pas grand chose de nouveau, sauf peut-être une chouette meule pour affûter les ciseaux à bois d'un côté et les forets de l'autre. Je lui ai répondu :

— C'est vrai qu'il n'y a pas beaucoup de nouveautés !

Quand il faisait une erreur, je ne lui faisais pas remarquer, pour ne pas le vexer. J'essayais simplement de répéter derrière lui ce qu'il aurait fallu dire. Comme ça, il ne se rendait pas compte que je lui apprenais quelque chose. J'ai quand même insisté, pour les outils :

— On pourrait la commander, cette meule automatique !

— Moi, je veux bien, mais j'ai l'impression qu'on n'en a pas vraiment besoin.

Je me suis entêté :

— S'il te plaît…

Il a souri en mettant sa moustache de travers. J'avais gagné. Mais c'était un peu amer, comme goût. La meule n'était pas si utile que ça. À mon âge, et avec mon expérience, j'étais quand même capable d'affûter les ciseaux et les forets sans avoir besoin de ce truc. Mais c'était autre chose que je voulais…

Et Salvatore a fini par découper le bon de commande à la première page du catalogue. Je ne voyais que sa main, parce que je baissais la tête pour qu'il ne regarde pas mes yeux. J'avais l'impression de le trahir un peu, de le forcer.

Sa main hésitait et il m'a même semblé qu'elle tremblait. Il a demandé, avec une toute petite voix :

— Tu veux pas « la » remplir ?

Il voulait dire : « le » remplir, en parlant du bon de commande, mais il se trompait souvent sur le sexe des mots. J'ai répondu, en insistant sur les « le » :

— Je voudrais bien pouvoir « le » remplir, « le » bon de commande, mais je sais pas écrire. J'apprends rien à l'école, tu devrais le savoir !

Alors, il a dit, de l'air de quelqu'un qui s'en fiche :

— Ça ne fait rien, il suffira de montrer l'image au vendeur, dimanche prochain.

J'ai pris mon courage à deux mains, parce que je devais savoir, et je l'ai interrogé :

— Alors, t'es vraiment comme moi, tu sais pas lire, ni écrire ?

Et comme j'avais l'impression de le torturer, j'ai ajouté, pour le consoler :

— Si c'est ça, on est vraiment frères.

On est restés un grand moment sans rien dire. On était silencieux comme des penseurs qui hésitent à dire ce qu'ils ont dans la tête. Mais je savais bien qu'il allait parler, et que, moi aussi, je devrais dire quelque chose. C'était beau, mais c'était triste. Je me suis mordu la langue, pour me punir d'être si cruel avec Salvatore. Et quand j'ai senti le goût du sang, dans ma bouche, je me suis arrêté.

Il fallait qu'on prenne notre élan tous les deux, que le courage de dire les choses honteuses et cachées nous vienne.

Finalement, ça a été presque amusant, parce qu'on s'est mis à parler tous les deux au même moment :

— Peut-être qu'on peut apprendre ensemble ?

— Si tu m'aidais, j'y arriverais. C'est peut-être pas trop tard ?

On s'est regardés en riant, surtout moi. J'étais tellement soulagé que je n'arrivais plus à m'arrêter. C'était nerveux. Lui, il a tordu sa moustache. C'était sa manière d'avoir le fou rire. Salvatore, il était spécial, il riait à l'intérieur et ça ne se voyait pas beaucoup dehors. Mais, pour dire la vérité, il ne riait pas souvent à l'intérieur. Moi non plus. C'étaient les occasions qui manquaient.

Je l'ai bien regardé, presque en face, et j'ai eu l'impression que ses yeux étaient mouillés. Il y a des émotions qui vous mettent des poussières dans l'œil. Et ça pique... Mais j'ai pensé que ce n'était pas convenable de montrer à un adulte que j'avais été témoin de ses poussières. Alors j'ai baissé la tête pour qu'il ne voie pas mes yeux.

Mais on était complices, et c'était une belle chose !

8

Le lendemain, à la sortie de l'école, j'ai vu le psychologue-grenouille qui montait dans sa voiture pour rentrer chez lui. C'était le bon moment pour lui tirer les vers du nez. Il me dirait sûrement comment je pouvais aider mon vieux Salvatore. Ces gens-là savent des tas de trucs, et, s'ils sont bien lunés, ils peuvent vous dire ce qu'il faut faire pour pouvoir commander proprement des outils. Ça sert à ça, l'instruction.

J'ai couru pour traverser la rue, sans regarder, et j'ai failli me faire écraser par une auto qui a freiné à mort, avec plein de bruit et un beau dérapage. Bien fait pour ses pneus à celui-là ! Il n'avait qu'à marcher à pied, comme tout le monde !

Le conducteur était tout blanc. Il avait eu bien plus peur que moi. Je l'ai injurié. Je lui ai fait le grand jeu, en le traitant d'écraseur d'enfants et d'assassin, mais je n'avais pas vraiment le temps de m'attarder. Dommage ! On est dans un pays où, théoriquement, il ne faut pas toucher aux gosses. J'en profitais un maximum...

Je suis arrivé près de la voiture de la Grenouille au moment où il claquait la portière. Il s'apprêtait à partir, comme si de rien n'était. Il avait tout vu, tout entendu. Mais il faisait semblant de rien. Certainement pour ne pas avoir à me débiter les phrases habituelles sur la prudence et la politesse.

Je me suis trouvé un peu ridicule, parce qu'il s'est arrangé pour bien me montrer qu'il n'avait pas fait attention à moi. Il sifflotait en regardant ailleurs. Malgré ça, je me suis mis à lui parler. Alors il a tourné la tête vers moi, de l'air de celui qui vient seulement de s'apercevoir qu'il y avait quelqu'un. Il m'a fait un petit sourire, avec de la méfiance. Mais il n'entendait pas ce que je disais, parce que sa vitre était remontée. C'était comme une histoire de poisson qui parle à une grenouille, avec des bulles silencieuses.

— Je viens vous parler de Salvatore...

J'ai prononcé « Chalvatore », rapport à ma langue souffrante et gonflée. Il ouvrait ses très gros yeux comme des soucoupes pour me montrer qu'il ne comprenait pas. C'était vraiment un dialogue de sourds, sauf que, normalement, dans un dialogue on est deux et que là, j'étais tout seul à parler.

Et il a eu une bonne réaction. Je l'ai trouvé sympa, la Grenouille. Parce qu'il a ouvert sa porte et qu'il est descendu de son auto pour bavarder avec moi. C'est vrai, quoi, il aurait pu rester assis au volant et discuter juste en baissant sa vitre, comme les hommes très importants qui gardent toujours leurs précieux derrières sur leurs banquettes, même pour téléphoner. Je me moquais d'eux, je m'imaginais souvent qu'il y avait des cabinets, cachés quelque part, dans leurs voitures de luxe...

La Grenouille s'est adressé à moi, très gentiment :

— Puisque tu veux me parler, je t'écoute. Ça tombe bien, j'ai le temps de parler avec toi, aujourd'hui. Hier, on a fait les courses avec ma femme, alors, vois-tu, je ne suis pas pressé ce soir.

C'était chic de sa part, après tout ce que je lui avais envoyé, les « pissecologues » et compagnie. Mais j'étais très étonné qu'il me parle de sa femme, comme si c'était normal. Moi, je ne la connaissais pas sa femme, je ne savais même pas qu'il en avait une. Et ça ne m'intéressait pas vraiment. Ça ne me regardait pas non plus d'ailleurs. Ils pouvaient bien faire leurs courses quand ils voulaient, je m'en moquais comme de mon premier tournevis.

Il a dû deviner ce que je pensais parce qu'il m'a dit :

— Oui, j'ai déjà parlé de toi à ma femme. Elle voudrait t'aider aussi.

J'ai répondu que je n'avais pas besoin qu'on m'aide, que ça allait très bien, merci, et que j'étais assez grand pour savoir comment faire dans la vie. Que je serais menuisier plus tard, que j'aurais un établi solide comme du béton. Et éternel, pour prolonger ma vie. Bref, il ne fallait pas qu'ils se fassent du souci pour moi.

— N'empêche que je pense souvent à toi. Parce

que tu es…

Il n'a pas terminé sa phrase. Et j'ai baissé la tête pour qu'il ne voie pas mes yeux. Tout à coup, le bout de mes chaussures me préoccupait terriblement.

Ça devrait être interdit de s'intéresser à quelqu'un qui ne le mérite pas. J'étais trop méchant pour que sa femme pense à moi…

Mais je n'ai pas osé lui dire. Et puis, je ne lui demandais rien pour moi. Je lui demandais quelque chose pour Salvatore. C'était une sacrée nuance…

Finalement, la Grenouille, c'était un sentimental. Il était sûrement un peu trop tendre, comparé à un type comme moi, dur comme l'acier trempé.

Il a repris la parole :

— Je parie que tu veux me parler des bons de commande de ton ami italien. Je me trompe ?

— Non, vous ne vous trompez pas, c'est bien « cha ». Je me demande comment je peux faire, parce qu'il est fier et qu'il a du mal à reconnaître qu'il ne « chait » pas lire. Il est allé un peu à l'école en Italie, mais il n'a pas appris le français.

Il a réfléchi un grand moment, comme toujours. C'est fou ce qu'ils sont lents à penser, les psychologues. Il s'est assis sur le pare-chocs de sa voiture pour me montrer qu'il avait le temps de discuter et aussi pour me regarder à la bonne hauteur, sans avoir à baisser la tête. Il a fini par répondre :

— Il n'y a qu'une manière de lui apprendre, c'est de lui montrer...

Je n'ai pas répondu, j'attendais la suite, en espérant que ce serait mieux que le début. Parce que ça commençait rudement mal... Bien sûr qu'il fallait lui « montrer ». Ça tombait sous le sens. Même moi, qui n'avais pas inventé l'eau tiède, je le savais. Mais lui « montrer » comment ?

Il a ruminé encore un moment, et il a continué :

— Et il n'y a que toi qui puisses lui montrer, parce que c'est ton ami et qu'il a confiance en toi... Et si tu as, toi aussi, confiance en lui, tu pourras lui montrer ce que tu sais faire, au lieu de t'en cacher, comme à l'école.

Ça m'aurait étonné qu'il ne remette pas l'école sur le tapis. C'était une véritable obsession, chez lui. Mais je lui ai pardonné, en me disant qu'il était payé pour ça. Son métier c'était de rectifier les gosses tordus, comme on dresse une planche bien droite avec un rabot.

Peut-être que j'étais un peu cagneux, et très méchant. Mais pour moi, il n'avait pas les bons rabots pour me remettre droit, et il le savait. De toute façon, je ne me serais pas laissé faire.

Ce qui m'intéressait, ce n'était pas moi, c'était Salvatore et je lui ai dit, pas méchamment, mais je lui ai dit.

Il a poussé un gros soupir.

9

Et puis, il s'est mis à parler, la Grenouille. Il m'a expliqué comment je devais m'y prendre. Il racontait les choses avec une voix douce, mais il avait l'air très sérieux, un peu triste aussi. Allez savoir ce qui se passe dans la tête de ces gens-là ! Est-ce que j'étais triste, moi ?

Il était toujours assis sur son pare-chocs. Il avait posé son coude sur son genou et il mettait souvent la tête dans sa main. Il ressemblait de plus en plus à une grosse grenouille. Une grosse grenouille fatiguée. En plus, le pare-chocs était trop petit pour toutes ses fesses.

Il m'a expliqué qu'il fallait que je fasse apprendre à Salvatore quelques mots par cœur, comme « tournevis » ou « marteau » ou « camion », par exemple. Et puis, ensuite, on étudierait d'autres mots en les comparant. Je devais montrer à Salvatore que le « ca » de camion, c'était le même « ca » que le « ca » de « caramel ». Et que le « teau » de marteau ressemblait comme un frère à celui de « râteau » ou de « bateau ». Comme ça, il saurait de plus en plus de mots, à partir de quelques-uns.

Je l'ai interrompu :

— Mais qui est-ce qui va lui apprendre tout « cha » ? Je ne veux pas que Salvatore aille dans une école, il serait trop malheureux d'être enfermé !

— Allons, ne raconte pas d'histoires ! Tu sais très bien qu'une école n'est pas un zoo dans lequel on enferme les gens.

Là, j'ai bien dû reconnaître qu'il m'avait cloué le bec. C'était un peu vrai ce qu'il disait. Il a continué :

— Et puis d'ailleurs, c'est toi qui vas lui montrer, je te l'ai dit tout à l'heure !

Je me suis défendu comme un lion :

— Mais je n'y connais rien, moi, à vos bateaux qui ressemblent à des râteaux ! C'est même pas vrai, d'ailleurs ! Vos histoires de caramel, vous pouvez les servir à d'autres, pas à moi ! Et les manger en prime, si vous aimez « cha » !

Enfin, on a discuté comme ça pendant un grand moment, et il a presque fini par me convaincre que je pourrais apprendre à Salvatore des trucs que je ne connaissais même pas. Un comble ! Il était rudement mariole, la Grenouille. Pour un peu, il m'aurait fait prendre des vessies pour des lanternes, et ma pomme pour un premier de la classe. Je lui ai dit :

— Mais c'est pas possible ! Quand la maîtresse apprend une chose aux élèves de la classe, elle la connaît. Moi, je ne sais rien, comment voulez-vous que je fasse ? Je ne peux quand même pas lui apprendre « rien » !

— Personne ne sait jamais « rien ». Contrairement à ce que tu racontes, il y a plein de connaissances, là.

Et il a planté son gros doigt en plein milieu de mon front.

Il a continué de parler. Il était long à se mettre en route, mais quand il était lancé, il n'y avait plus moyen de l'arrêter. Il me disait des tas de choses, et je commençais à le croire. J'étais à deux doigts d'avoir confiance en lui.

Surtout qu'il ne m'avait pas demandé pourquoi je parlais comme « cha ». C'était de la bonne discrétion d'adulte…

Et puis, il m'a expliqué que Salvatore devait tout

écrire sur un carnet de mots. Le mieux, c'était d'utiliser un crayon de papier, au début, pour pouvoir effacer si on se trompait. Mais l'important c'était d'écrire. Obligatoire, presque. Parce qu'on ne peut pas apprendre à écrire sans apprendre à lire, ou l'inverse. Officiel !

Je n'étais pas trop sûr que ça allait marcher, mais j'étais bien content d'avoir compris tout ça et je lui ai dit. Je n'aurais pas dû. Il faudrait toujours tourner sa langue sept fois dans sa bouche avant de parler, parce qu'il m'a répondu :

— Ne me remercie pas, je suis heureux de pouvoir rendre service à ton ami.

— Je n'étais pas en train de vous remercier, j'étais simplement en train de vous faire comprendre que j'étais content pour « Chalvatore ». D'ailleurs, je ne dis jamais merci à personne.

Il a encore soupiré. Et il a baissé la tête pour que je ne voie pas ses yeux. Chacun son tour !

Et comme il restait assis sur son pare-chocs, sans bouger, je lui ai fait comprendre qu'il était peut-être temps qu'il se bouge et qu'on n'allait pas passer le réveillon là-dessus. Je me voyais mal rester encore des siècles sur ce trottoir alors qu'on avait discutaillé la question en long en large et en travers. Tout était dit…

— Bon, ben voilà… Votre femme, elle va se demander où vous êtes passé… Si ça se trouve, elle s'inquiète terriblement.

Il a eu l'air surpris que je lui parle de sa femme, mais, après tout, c'était lui qui avait commencé tout à l'heure...

— Tu as raison, il faut que je rentre, maintenant. Je te remercie de m'avoir parlé.

Là encore, il m'a eu par surprise. Ce n'était pas à lui de dire merci.

Au fond, je savais que ce n'était pas juste. Mais c'était comme ça... Et puis, allez savoir ce qui est juste ou pas... Et puis, d'abord, qui est-ce qui était juste avec moi, en dehors de lui et de Salvatore ?

Il s'est relevé lentement, en mettant les deux mains dans son dos. J'ai vu qu'il avait très mal aux reins. Ça ne m'a pas fait de peine parce que les malheurs des autres ne me regardaient pas. Domaine interdit ! Il m'a dit au revoir en me serrant la main, comme à un homme.

Ça m'a fait tout drôle. Ce n'était pas une impression désagréable.

Je suis rentré à la maison, en rêvant à tout ça, en pensant à de belles choses.

Maman n'était pas là.

J'ai fait cuire des pâtes et j'ai mangé en feuilletant toute ma collection de catalogues d'outillage.

J'ai regretté de ne pas avoir de sauce tomate, ni de

gruyère, pour les pâtes. Mais c’était trop tard pour aller en emprunter aux voisins. Et puis, je n’aimais pas déranger.

Je pensais à Salvatore. La Grenouille avait certainement raison, on devait pouvoir y arriver comme il avait dit. Au fond, c'était simple, il fallait juste acheter un carnet, ou un cahier. Il faudrait trouver des sous. Ou alors chercher une autre solution. Par chance, on avait plein de bons de commande d'avance, pour s'entraîner. Il y en avait un sur chaque catalogue.

Je me suis mis au lit en me demandant si Salvatore apprendrait vite. Je me demandais aussi si je savais lire ou pas. À force de mentir à l'école, je n'étais plus capable de distinguer le vrai du faux, et inversement. En tout cas, je pouvais lire et écrire le nom de presque tous les outils de la terre.

Mais est-ce que c'était ça, savoir lire ?

10

On a donc commencé l'apprentissage de Salvatore. Je n'avais pas les moyens d'acheter un carnet neuf, alors j'ai arraché toutes les pages qui étaient écrites, dans mon cahier de brouillon, et je lui ai donné ce qui restait, pour qu'il débute son recueil de mots.

Mais il n'a pas voulu écrire au crayon de papier. Je me suis un peu moqué de lui :

— Qu'est-ce que tu peux être snob, mon pauvre Salvatore ! Môssieur fait des manières de Marlène, Môssieur ne veut pas écrire comme tout le monde !

— Les crayons à papier, c'est bon pour les gosses, c'est les « tout petites » qui servent les crayons à papier !

Je reprenais comme je pouvais, en insistant lourdement :

— Les crayons « de » papier, c'est aussi pour les adultes, il n'y a pas que les « tout petits » qui « s'en » servent.

Je me trouvais croquignolet, dans mon rôle de maître d'école. À mourir de rire. Si la maîtresse m'avait vu, elle se serait étranglée.

Finalement, Môssieur Salvatore s'est acheté un stylo à bille chromé, avec un bouton pour faire sortir la pointe. J'ai bien ri :

— Et dans un étui en plastique, mon cher ! Un vrai stylo de ministre !

Un achat pareil, ce n'était pas très nécessaire, mais ça lui faisait tellement plaisir ! Je m'étonnais d'être si indulgent avec lui. Des trucs comme ça, c'étaient des caprices d'enfant gâté. Quelques semaines avant, je ne les aurais passés à personne. C'était incroyable : j'étais en train de me ramollir !

Mais Môssieur Salvatore, avec son stylo de riche, il s'est rudement appliqué pour former les lettres.

On a d'abord appris le mot « camion ». On se disait que c'était logique, puisque c'était là qu'on avait fait connaissance. C'était fou ce qu'il y avait comme mots qui commençaient comme « camion » ! Cahier, carré, cartable. Et le début s'écrivait toujours pareil ! La Grenouille avait peut-être raison.

Enfin, on s'amusait bien. C'était assez rigolo, au fond. Je me disais qu'au royaume des aveugles, les borgnes sont rois. Ça veut dire que quelqu'un qui ne sait presque rien peut quand même aider quelqu'un qui ne sait absolument rien. Parce que presque rien, c'est mieux que rien du tout. Officiel !

Et quand je réfléchissais à ça, je me disais que ça résumait parfaitement ma vie.

C'était très amusant de regarder Salvatore écrire. Il faisait des efforts terribles pour soigner son travail.

camion
cat cahier
carré
cartable

Souvent, il tirait la langue et je me moquais de lui. Je lui disais qu'il ressemblait à Marlène, parce qu'elle aussi, elle tirait la langue quand elle s'appliquait en classe.

J'étais rudement sévère, quand ce n'était pas bien écrit. Je lui demandais de recommencer. Je n'allais pas jusqu'à déchirer ses feuilles, pour ne pas lui faire de peine. Mais j'aurais dû. La maîtresse le faisait bien pour moi.

Quelquefois, quand même, je lui parlais comme elle me parlait à moi :

— Salvatore, tu es décourageant ! Tu sais bien que tu peux faire mieux que ça ! Je ne sais pas ce qui me retient de te donner une gifle.

Salvatore relevait la tête, il tordait ses moustaches. Et il finissait par sourire parce qu'il comprenait que je lui lançais des phrases qui ne m'appartenaient pas.

Pour la lecture, Salvatore a fait des progrès terribles. Je lui donnais une leçon par jour, sur l'établi, dans sa salle à manger, à côté de la perceuse à colonne. Je n'en revenais pas : il savait lire presque tous les noms des outils, même quand je cachais les illustrations ou les photographies. Je me suis demandé comment il faisait. Il devait avoir une astuce. C'était pas possible autrement !

J'ai fini par découvrir le pot aux roses. Il était drôlement futé, Salvatore ! Il était capable de reconnaître les mots uniquement à cause de leur emplacement dans le catalogue. Ça donnait l'impression qu'il avait tout appris par cœur. C'était sûrement bien, mais ça l'empêchait de progresser encore.

Je suis retourné voir la Grenouille. Il était un peu plus pressé que l'autre fois, à cause de ses courses pas faites et de sa femme qui l'attendait pour je ne sais plus quoi. Mais il a quand même pris le temps de me donner d'autres petits conseils...

J'ai découpé les mots et je les ai collés sur le cahier. Sans les photos, et sans la page entière, il faisait moins le malin, Môssieur Salvatore ! Ça l'obligeait à déchiffrer ! Au début, il butait sur presque tout, il hésitait... Mais il s'y est bien mis et ça a marché. Il a fait des progrès étonnants.

Au bout de quelques semaines, il savait lire beaucoup de mots... Et moi aussi !

Alors, c'est devenu de plus en plus difficile pour moi, à l'école, de montrer que j'étais ignorant. Quelquefois, je ne pouvais pas m'empêcher de donner une réponse quand un élève restait muet. La maîtresse me regardait bizarrement, comme si j'étais un animal sans queue, et je me disais, en rigolant :

— Enfer et damnation, je me suis trahi !

Au début, j'ai pensé que ce n'était pas grave. Au contraire, c'était presque amusant. Mes tours de cour ont commencé à diminuer. Ça me laissait moins de temps pour préparer les leçons de Salvatore, pourtant ça sentait bon la liberté.

Mais j'ai remarqué que la Grenouille et ma maîtresse commençaient à faire souvent des messes basses, à la sortie de l'école. Ils faisaient bien attention de ne pas regarder dans ma direction, pour ne pas avoir l'air de parler de moi, mais je voyais bien qu'ils discutaient de mon problème.

C'est à ce moment-là que j'ai commencé à me dire :

— Si tu continues comme ça, ils vont t'avoir, mon p'tit gars ! Il est temps de trouver une solution si tu veux continuer à vivre comme avant. Sinon, ils auront ta peau. Il vont vouloir t'améliorer contre ta volonté.

Je n'étais plus très sûr de savoir pourquoi je ne voulais pas être normal. Salvatore, lui, il faisait tout le contraire de moi, en apprenant à lire. Et ça me déconcertait. Ce que je sentais, simplement, c'était qu'il fallait que je reste moi-même. J'avais l'impression que les adultes me feraient des tas d'ennuis si je baissais un peu ma garde. Je me méfiais de tous les adultes. De tous les adultes, sauf, peut-être, de Salvatore.

11

Il était temps que je me ressaisisse.

Je n'étais pas sur terre pour faire plaisir.

Il ne fallait pas donner prise. J'aurais voulu être une ombre, parce que les ombres, on ne peut pas les toucher vraiment. On ne les salit même pas quand on marche dessus. Il me faudrait encore des années avant d'être à l'abri de tous ces gens qui voulaient mettre la main sur moi et régler mes problèmes à ma place.

D'ailleurs, je n'avais pas de problèmes, moi ! Et ils commençaient à me courir vraiment sur l'haricot, tous ceux qui prétendaient savoir mieux que moi ce qu'il y avait dans ma tête ou dans mon cœur. Officiel !

Je me disais que j'étais une forteresse ou une citadelle assiégée, comme dans mon livre d'Histoire à l'école. Même si la maîtresse pensait que je ne l'avais pas lu. D'ailleurs, je ne l'avais pas vraiment lu... Je l'avais simplement parcouru. Ou alors j'avais juste regardé les images... Je ne me rappelais plus très bien ce que j'avais fait avec ce bouquin.

Je voulais garder la tête baissée, pour que personne ne voie mes yeux. Parce que c'était en les regardant qu'on pouvait découvrir des vérités bonnes à cacher. Je voulais rester méchant, sauf avec Salvatore, parce qu'il était encore plus seul que moi, encore plus triste que moi.

Je me disais que quand je serais grand, je serais comme lui. J'aurais plein d'outils à moi, dans une maison où personne n'aurait le droit d'entrer pour venir m'embêter. Je pourrais faire plein de choses, sur un établi bien à moi. Des crochets pour des grues, des loquets de cages à lapins... Je pourrais même les donner à des gosses si j'en avais envie. Mais je serais tout seul dans mon atelier, avec personne sur mon dos à me réclamer des choses impossibles, comme d'aimer les gens.

C'était rudement difficile d'aimer quelqu'un. Moi, je pensais que c'était impossible. Les gens que je voulais aimer ne me regardaient jamais et ils finissaient toujours par trahir mes confiances. Alors, le plus simple, c'était de ne pas s'attacher. À cette époque, je me disais que je n'aimais personne. Même pas Salvatore... En tout cas, pas vraiment. Je m'étais simplement habitué à le voir. J'aimais bien être avec lui, c'était tout. C'était ni de l'amour, ni de l'amitié. Tout ça, je m'en passais bien.

Et moi, je profitais de mes tours de cour, à l'école,

pour réfléchir à la leçon du soir. Je préparais, dans ma tête, le travail de chaque jour. Et gare à celui qui venait me déranger dans mes marches rondes ! J'avais des chaussures terribles, lourdes comme du plomb. C'était embêtant pour marcher, mais c'était fantastique pour les coups de pieds. Et je devenais de plus en plus généreux avec mes petits camarades, question castagne. J'avais envie d'être vraiment méchant. En plus, je voulais qu'on respecte mon travail de préparation. Alors je faisais provision de tours de cour.

C'était bien fait pour moi. J'en avais pour cent vingt ans, comme les prisonniers américains qui auraient besoin de deux vies pour faire toutes les prisons qu'ils ont méritées. C'était un cercle vicieux. Plus je tournais, plus je cognais, et plus je cognais, plus je tournais. Alors, je tournais sans cesse, dans la cour et dans ma tête.

Bref, je me suis remis à être un dur de dur. J'ai battu tout le monde à l'école. Je me défendais bec et ongles contre tous ceux qui me regardaient normalement.

J'ai commencé par Marlène... Plus exactement, par son cartable neuf. J'ai donné de grands coups de pieds dedans. Un vrai régal ! Il pleuvait ce jour-là, et tous les livres sont tombés dans la boue.

J'ai été puni, et là, ce n'étaient pas des tours de cour. Il a fallu rembourser, à tempérament. J'ai lavé des tonnes de voitures et j'ai graissé des milliers de serrures. J'ai coupé beaucoup de bois, aussi. À la scie à main, celle qui fait transpirer... C'était bien fait pour moi. Il fallait me punir, parce que j'étais mauvais.

Je poursuivais Clément pour lui donner des raclées, à la sortie de l'école. Et quand je le rattrapais, il passait un mauvais quart d'heure. Une fois, même, j'ai déchiré son blouson et je lui ai donné des coups de poings dans le ventre.

Ça a duré des jours et des jours et c'était terrible. Au fond, j'aurais voulu que quelqu'un m'arrête et m'empêche de faire ça. J'avais l'impression de m'enfoncer dans des sables mouvants, et il n'y avait personne pour me tendre la main et m'en faire sortir.

Salvatore, à cette époque, avait l'air terriblement triste. Je n'avais jamais vu quelqu'un d'aussi triste que Salvatore pendant ces jours-là. Je faisais semblant de rien. Les malheurs des autres ne me touchaient jamais. Chacun sa croix...

Moi j'avais une écorce assez épaisse pour me mettre à l'abri. Mais pour mon vieux bonhomme, ça me faisait tout drôle. Je me demandais quand même un peu ce qui lui arrivait pour qu'il soit si désolé.

Et, un soir, sans faire exprès, je l'ai pris par la main, sans rien dire. Pour lui montrer qu'il pouvait compter sur moi.

Alors, il m'a fait le coup de l'évier qui se débouche :

— Tu sais, je t'ai vu souvent, à la sortie de l'école. Tu batailles avec les garçons. C'est mal ! Mais quand c'est la petite fille... c'est...

Il cherchait ses mots pour décrire le scandale.

J'ai compris que c'était à cause de moi que Salvatore était malheureux. L'idée ne m'avait même pas effleuré.

C'était trop fort ! Si ça continuait, j'allais être responsable de tous les malheurs du monde ! C'était révoltant.

Ça y était ! Il allait me faire la morale, lui aussi. S'il ne m'avait pas serré les doigts si fort, je me serais sauvé. Quelle idée j'avais eue de le prendre par la main parce qu'il avait du chagrin... J'avais été trop faible.

Je m'étais fait avoir, encore une fois ! Salvatore était vraiment comme les autres, comme tous les autres ! Ça m'apprendrait. Il fallait être pris pour être appris. Ça veut dire que, normalement, dans la vie, on ne doit pas se laisser piéger deux fois de la même façon.

Mais s'il y avait une chose que je savais bien faire, c'était ne pas écouter. Alors, il pouvait toujours parler, Salvatore ! J'étais une huître. Officiel !

— Quand on est comme toi, c'est qu'on a de la peine. Tu dois être très « malheureuse ». Il y a certainement quelque chose qui te « fracasse », dans ton cœur. Je ne veux pas que tu me racontes ce qui ne va pas. Je veux simplement que tu continues à venir me voir de temps en temps. Parce que moi, j'ai besoin de toi. Parce que je m'ennuie sans toi. Parce que je suis tout seul. Parce que si « j'aurais » un fils, j'aimerais bien que ce soit un « petite » garçon comme toi.

Le pauvre Salvatore, il ne savait même pas qu'il fallait dire : « si j'avais » et non pas « si j'aurais ». Il m'a lâché la main et je me suis sauvé.

J'étais méchant. C'était comme ça, et je ne voyais pas comment je pourrais changer. On ne pouvait rien y faire.

12

J'ai décidé que je n'irais plus chez Salvatore.

Ce n'était pas si facile, parce que je m'étais habitué à lui et que ça me faisait une compagnie. J'avais quand même un peu mal quelque part, je ne savais pas trop où, vu que je ne possédais pas de cœur. Je n'avais pas d'amitié pour Salvatore, je ne pouvais aimer personne. Je n'avais que de la complicité. Mais, même ça, c'était difficile à défaire. Officiel !

Alors, j'avais des pensées haineuses. Je me disais :

— L'instruction lui est montée à la tête. À présent qu'il commence à savoir lire et écrire, il fait son malin et il donne des leçons aux ignorants. Je ne suis plus assez bien pour lui, maintenant...

Voilà ce que je pensais ! Ça me remontait à la gorge à chaque instant, comme quelque chose qu'on digère mal. Ou comme une maladie qui vous ronge tout doucement, en vous faisant des douleurs. Sauf que moi, je me disais que je ne souffrais pas. Je me faisais des armures. C'est à ce moment-là que j'ai décidé que je n'aurais plus jamais mal, plus jamais. Je saurais me mettre à l'abri des autres.

Pour se protéger, il faudrait faire comme les escargots, et ne rien laisser dépasser. Ce qu'on laisse sortir, c'est ce qui nous blesse.

Finalement, Monsieur Leroy m'a donné mon lapin, au douzième lavage, comme promis. Avec tout ça, j'avais presque oublié que ma belle cage était toujours vide. En tout cas, j'ai été bien content de l'avoir mon Pinpin, pour me sentir moins seul et moins inutile.

C'était vraiment dommage que Salvatore ait voulu faire comme les autres, sinon, je lui aurais montré Pinpin. Il était magnifique : une minuscule boule de poils gris, avec un petit bout de nez qui bougeait sans arrêt. Je m'étais juré que je ne l'empêcherais jamais d'être le lapin qu'il voudrait être. Il pourrait grandir à sa façon, mon lapin. Je ne serais jamais sur son dos à lui dire « Fais comme ci ! » ou « Ne fais pas comme ça ! ».

C'était la faute de Salvatore, aussi ! Il n'avait pas à se mêler de ce qui ne le regardait pas. Ce qu'il y avait dans mon cœur ou dans ma tête, personne n'avait le droit de le regarder, même pas Salvatore. D'ailleurs, qu'est-ce que c'étaient que ces histoires de souffrance ? Je ne souffrais pas. Les petits garçons ne souffrent pas. Et puis, je n'étais pas un petit garçon. J'étais un dur à cuire. Il n'y avait rien qui n'allait pas dans ma vie. Je n'avais besoin de personne.

Je n'étais pas seul, j'avais Pinpin. Je m'occupais de lui tout le temps. Je lui donnais à manger. Je lui parlais souvent, quand maman n'était pas là.

Je lui racontais qu'il y avait quelque part un vieux fou qui aurait aimé avoir un fils meilleur que moi. Mais que les vieux fous finissaient toujours par vous faire du mal, même sans faire vraiment exprès, en piquant le bout tout nu qui dépasse de la coquille de l'escargot.

C'était sûr, je n'irais plus chez Salvatore. Parce qu'il ne voulait pas me prendre comme j'étais.

Tant pis pour les bonnes discussions. Tant pis pour le bricolage ! Je détestais Salvatore et j'aurais voulu lui donner des coups de pieds avec mes chaussures de combat. Tant pis pour lui, il ne ferait pas la connaissance de Pinpin. C'était sa faute, après tout. Il s'y était trop mal pris pour essayer de me sortir des sables mouvants. Il faudrait sauver les gens sans leur poser de conditions, sans les obliger à devenir meilleurs.

Ma vie a continué, comme avant... Presque comme avant. C'était un peu moins bien. Un tout petit peu moins bien. J'étais blindé.

Je me suis arrangé pour ne plus rencontrer la Grenouille. Il m'énervait celui-là, avec sa femme et ses commissions. Il pouvait acheter toute la sauce tomate et tout le gruyère de la terre, ça ne m'intéressait pas.

J'essayais d'imaginer comment pouvait être sa femme. Et j'ai décidé qu'elle était très moche et très bête, et très vieille, et qu'elle ne faisait jamais le ménage et que c'était très sale chez elle et qu'elle se disputait tous les jours avec son mari parce que ni lui ni elle ne voulait balayer la cuisine. Et c'était bien fait pour tous les deux !

Et puis il y a eu le voyage scolaire. On devait aller à Paris. Moi, ça ne m'intéressait pas. Officiel !

Tout le monde le savait. Je ne me suis pas gêné pour le dire. Dans la classe c'étaient tous des gosses ! Ils se faisaient avoir comme des bleus ! Dès que la maîtresse proposait quelque chose, ils étaient contents, comme si on leur offrait la lune. C'était pas vraiment une mauvaise femme, cette maîtresse, elle avait même de bonnes idées, mais elle n'était pas de mon monde...

Moi, je leur ai dit, à tous, que ça ne me passionnait pas du tout, que j'y étais déjà allé des tas de fois à Paris et que cette capitale, je la connaissais comme ma poche. Que j'allais pas donner cent francs pour ça. Que j'avais encore le blouson de Clément à rembourser.

Ils m'ont emmené quand même, sans payer. Je n'ai pas dit merci, parce que c'est rudement humiliant de ne pas payer. Je ne le souhaite à personne, même pas à mon pire ennemi.

Finalement, ce n'était pas si mal. C'était plaisant,

surtout l'histoire de la Tour Eiffel. La maîtresse a raconté que les pièces d'acier avaient été fabriquées aux Aciéries de Pompey. Je me disais que j'aurais pu en parler avec Salvatore, puisqu'il y avait travaillé. Mais on était fâchés. Je ne pouvais plus revenir en arrière.

Et de toute façon, il avait beau être très-très vieux, il était quand même trop jeune pour avoir construit la Tour Eiffel. La preuve, j'ai compté sur mes doigts, et il m'a fallu plusieurs mains et même les pieds.

On a appris plein de choses, mais j'ai fait semblant de ne rien écouter. Quand on vient gratuitement, on n'a pas vraiment les mêmes droits que les autres, les payants, surtout quand il est question d'instruction. On n'a que le droit de se taire et de montrer qu'on est bien heureux que quelqu'un ait donné les sous du voyage, pour le pauvre.

Mais moi, je n'étais pas vraiment pauvre, puisque je pouvais quelquefois m'acheter des outils. Il aurait sans doute fallu montrer de la reconnaissance. Ils pouvaient toujours se brosser.

Je n'avais pas de gratitude, dans ces temps-là. J'avais mes fiertés.

En tout cas, j'ai bien dormi dans le bus. Comme ça, je leur ai montré, à tous, que je m'en fichais.

13

Le temps a passé, le temps a coulé, jour après jour, comme les grains d'un sablier. Je me suis enfermé dans ma tête et je n'ai rien laissé sortir. Je ne montrais pas le bout de mon nez, sauf à Pinpin qui menait sa vie de lapin comme il l'entendait. Je lui permettais de grandir à sa manière. J'étais réglo, moi ! Officiel !

Quand le dernier camion est passé, après bien des semaines, je n'avais plus d'argent. Le remboursement du blouson était terminé, mais j'avais dépensé mes pièces de dix francs pour acheter des biscuits à Pinpin.

Mais j'y suis allé quand même, au camion, par curiosité.

Ne serait-ce que pour voir les grandes échelles que les vendeurs appuyaient contre le camion. Dès qu'il y avait un chantier dans le quartier, j'allais grimper aux échelles que les ouvriers avaient installées. J'aimais bien. Je montais le plus haut possible, pour regarder ce qui était devenu tout petit en bas. C'était moins effrayant, quand j'étais loin de la terre. Même si j'avais le vertige, je savais que personne ne pourrait venir m'ennuyer, au sommet.

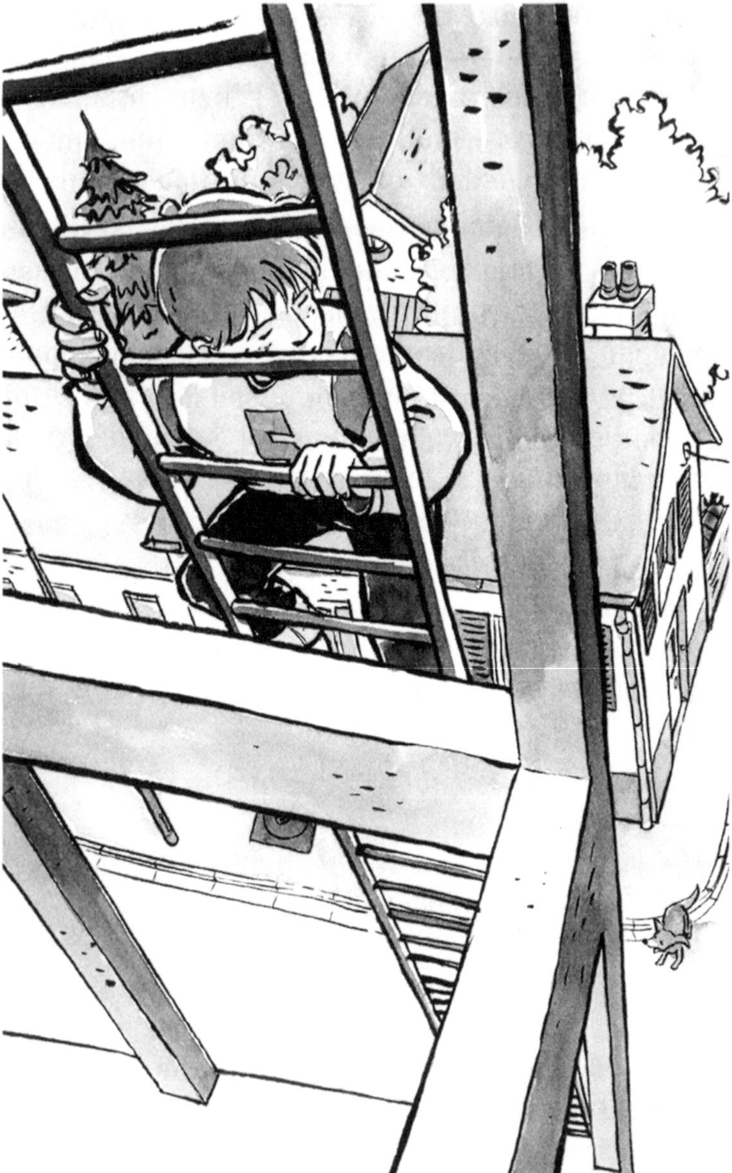

Il n'y avait que le ciel et mes idées grises qui m'accompagnaient, avec une sorte de petit balancement du corps, parce que les échelles oscillaient légèrement sous mon poids, comme une lame de ressort qui plie dans un sens, puis dans l'autre.

J'ai traîné longtemps sur le parking, à regarder les affiches ou le matériel de démonstration. J'observais les clients, j'essayais de deviner ce qu'ils allaient acheter. Peut-être une scie égoïne, pour faire une cage à lapins ? Si c'était pour ça, il ne faudrait pas qu'ils oublient les charnières, ni le verrou.

Il faisait froid. J'avais envie de rentrer, mais maman n'était pas à la maison.

Je voulais rester aussi. Mais je ne savais pas encore pourquoi. Enfin, je croyais que je ne le savais pas vraiment. En tout cas, je ne me le disais pas. Je suis resté là très longtemps.

Très-très longtemps... J'avais mal aux jambes à force d'être debout.

Tout à coup, j'ai senti que quelqu'un me prenait la main, tout doucement, presque timidement.

C'était Salvatore.

Il n'a rien dit du tout mais j'ai vu, à ses yeux, qu'il avait vraiment peur que je me sauve encore une fois.

Je ne me suis pas sauvé.

Sans rien dire il m'a donné un petit verrou chromé pour la porte de Pinpin. Il était brûlant, comme mes pièces de dix francs, comme les charnières, comme le crochet de la grue.

J'ai pensé que c'était bizarre, mais que tous les cadeaux du monde devaient être chauds, à force d'avoir été serrés dans une main qui attend longtemps pour donner. Qui attend sans faire exprès. Pas pour faire patienter quelqu'un en le faisant enrager. Mais parce que la vie est comme ça et qu'on ne peut pas toujours faire les choses au moment où il faudrait les faire. Parce que l'autre n'est pas là, ou parce qu'il s'est enfermé dans ses armures ou dans sa coquille.

Décidément, la vie était amère, quand on la prenait sans sucre. Et Salvatore, il n'avait pas dû beaucoup la sucrer, sa vie. Moi non plus, sauf que j'étais moins sensible que lui. J'étais plus dur. Un roc ! Un dur de dur, qui serrait les dents et qui encaissait sans broncher.

Pendant des jours entiers, Salvatore avait eu son verrou dans la main, avec l'espoir de me le donner. Alors, il avait emmagasiné des tonnes de chaleur, son verrou.

Mais moi, j'étais aux abonnés absents. Je lui avais fait faux bond, parce qu'il avait dit des mots interdits. C'était de sa faute, pas de la mienne. Enfin, pas complètement de la mienne.

Parce que je ne savais aimer presque personne.

Parce que je pensais que presque personne ne pouvait m'aimer vraiment.

Il aurait dû venir plus tôt pour me reprendre la main, Salvatore. Et même si je ne voulais pas, il aurait dû insister et la prendre de force. Pourquoi avait-il attendu si longtemps ?

Alors, la chaleur de son verrou m'a fait pleurer, d'un seul coup. Bêtement. Par surprise. Sans faire exprès.

Longtemps après, il me tenait toujours par la main, en serrant très fort. Alors, je lui ai dit merci, à voix basse, sans m'en rendre compte.

Je me suis dit que Salvatore, au fond, il aurait mérité d'avoir un fils. Pas un garçon comme moi. Un vrai fils dont il aurait été fier. Mais il n'avait que moi et j'étais comme j'étais. Il fallait me prendre ou me laisser. On ne pouvait pas me changer. Et Salvatore avait décidé de m'accepter.

Alors j'ai relevé la tête, pour qu'il voie mes yeux.

5

épilogue

Depuis ce dimanche-là, je suis passé voir mon vieux bonhomme tous les jours. Je lui ai présenté Pinpin. Ils se sont aimés tout de suite. Salvatore ne jette plus jamais ses épluchures ou son pain rassis, il les garde pour mon lapin qui commence à vieillir, vu que le temps passe et que je grandis aussi.

On bricole ensemble. En ce moment, on est en train de faire une luge, pour la donner à des gosses, l'hiver prochain. Il faut courber des lattes de frêne, c'est plaisant. Ça prend beaucoup de temps. On mouille le bois et on le cintre sur un gabarit. Un petit tour de vis, régulièrement, deux ou trois fois par semaine. Si on veut aller trop vite, ça casse.

Pour l'établi, c'est en route aussi. On a déjà le bois, du hêtre de huit centimètres d'épaisseur. On vient de l'acheter, directement à la scierie. C'est pour ça qu'il n'est pas encore sec. Il faudra attendre... Pour le séchage, c'est un centimètre par face et par an... Officiel !

Ça fait encore quatre ans avant de le commencer. Salvatore m'apprend la patience qu'il faut pour être menuisier.

Et puis on lit des livres. Salvatore m'a acheté un manuel d'ébénisterie sur lequel il y a le plan de mon futur établi, avec la presse sur le côté.

Et ça se calme tout doucement, question études. J'ai quitté ma petite école pour aller à la S.E.S. Mais je suis pas un cador, loin de là. Quand j'aurai seize ans j'irai en apprentissage. Ce sera pas trop tôt.

C'est comme ça, la vie, il faut toujours attendre...

Je croise la Grenouille de temps en temps, au Supermarché. Il me sourit gentiment. C'est vrai-

ment un sentimental, celui-là ! L'autre jour, il m'a raconté que sa femme se réjouissait pour moi. J'ai pensé qu'elle se mêlait de ce qui ne la regardait pas. Et je me suis bien demandé pourquoi elle pouvait être si contente. Mais je me suis dit qu'elle était quand même un peu gentille de s'intéresser à quelqu'un qu'elle ne connaissait pas. J'ai décidé qu'elle faisait le ménage, qu'elle ne se disputait presque jamais avec son mari et que leur cuisine était propre.

Marlène va au Collège, dans les bonnes classes. Elle est toujours trop belle et trop riche pour faire attention à moi. Et j'ai l'impression que ça ne

s'arrangera jamais... Alors, j'ai arrêté de l'embêter.

Je ne peux pas dire que j'ai des copains, ce serait exagéré. Mais Clément n'a plus l'air d'avoir peur de moi. Ce n'est pas encore l'idéal, mais ça va un peu moins mal.

Mais, quand même, si quelqu'un me cherche des crosses, il me trouve !

Déjà parus aux éditions du Bastberg, dans la collection

indigo

1	Je suis méchant	Jean-Claude Baudroux
2	On ira tous à Soudourgou	Francis Collin
3	Papa… bis	Yves Couturier
4	Le cadavre du grand plongeoir	Jean-Claude Baudroux

A LA RENCONTRE DE :

L'auteur Jean-Claude Baudroux

Si vous entrez chez Jean-Claude Baudroux, vous avez le choix entre deux portes.

L'une conduit à son atelier de menuiserie. Vous y trouverez de vieilles machines, des planches, et beaucoup de poussière. Là, il travaille le bois. Ne lui dites surtout pas qu'il "bricole", ça le vexerait.

L'autre porte conduit à sa maison, avec des escaliers dans tous les sens. À l'abri d'une haute étagère de livres, il y a un petit tabouret vert devant un ordinateur. Quand il s'assoit dessus pour inventer ses histoires, vous pouvez toujours lui parler, il ne vous répondra pas. Il est parti dans ses aventures.

Dans la même collection, il a publié un autre titre : *Le cadavre du grand plongeoir.*

L'illustrateur Péhel

Premier secret : Son vrai nom, c'est Pascal Laurent. Mais il signe Péhel, c'est à dire : P. L., les initiales de son nom, comme elles se prononcent. Péhel est donc un pseudonyme. Mais n'allez surtout pas croire que c'est un espion ou un agent secret !

Deuxième secret : Il a été scout quand il était jeune. Il a mangé des quantités de boîtes de cassoulet, le soir, à la veillée, devant des feux de camps. Et il a chanté beaucoup de chansons, même lorsqu'il avait la bouche pleine. Heureusement, maintenant, il dessine, ça fait des vacances pour nos oreilles, et du plaisir pour nos yeux.

Troisième secret : Il dessine de la main gauche, il se coiffe (quand il a le temps) de la main gauche, il mange avec sa main gauche (quelquefois, il utilise une fourchette), et il écrit de la main gauche. Nous croyons qu'il est gaucher...

Dans la même collection, Péhel a illustré *On ira tous à Soudourgou.*

Les éditions du Bastberg
collection Indigo
BP 17
78950 Gambais
France

Achevé d'imprimer en novembre 2005
par Corlet, Imprimeur, S.A.
14110 Condé-sur-Noireau (France)
Photogravure : Brainflash - Nancy
Maquette et mise en page : Péhel Créations - Saulxures
N° d'Imprimeur : 88029
Dépôt légal : novembre 2005
ISBN 2-906458-34-1